손편지를 쓰듯이 시를 짓다

손편지를 쓰듯이 시를 짓다

김장동 시집

새미

머리말

 내게 있어 지난 23년 7월은 가장 잔인한 달이라고 할 수 있으니, 이대로 살다가 어느 날 갑자기 죽기를 바랐으나 전생에 무슨 업業을 쌓았는지 조물주가 3기 초 주먹 크기의 암 덩이를 귀한(?) 선물로 주셨으니…

 수술의 고통과 혈전의 휴유증을 전화위복轉禍爲福의 자위自慰로 삼고 매일 1만 보 이상 야산을 걸으며 시상에 몰입해 쓴 시를 중심으로 정리해 한 권의 시집으로 묶었다.

 시상에 잠겨 있을 때마다 문득문득 떠오른 것이 밤을 하얗게 밝히며 쓴 손편지, 투병 중에 편지를 쓴 그네의 마음을 헤아리니 오죽 즐거운(?) 가슴앓이를 했을까 하는 생각, 그때 보다 관심 깊게 챙겨줬으면 좋았을 텐데 하는 아쉬움 등, 그런 마음으로 해설 대신 부록을 마련했다.

2024년 조춘에 즈음해
지은이 적다

목 차

1.

못 찾겠다, 꾀꼬리

홀로 인생

세상에 태어나 나이를 먹어갈수록
홀로 되는 연습을 하면서
형제, 자매, 자식, 친구며
부와 명예라는 것은 부질없음을 깨우쳐
홀로 사는 삶에 익숙해야 하나니…

사람은 누구든지
전생에서 이생으로 올 때
홀로 왔듯이
이생에서 저승으로 갈 때도
홀로 가듯이
윤회의 길도 홀로 걷고
업業도 홀로 받는 홀로 인생이
생을 충만감으로 채우리니…

창밖 행복

집으로 들어서는 길 양쪽으로
50여 종 꽃을 심어놓고
제비꽃 녹색 잎은
나물로 애용하고
꽃밥을 지을 때는
자주색과 보라색 꽃잎 따서 지으면
눈이 마냥 즐거워.

집 앞에는 돈으로 살 수 없는
백 평 연못까지 있어
방안에서 내다보며 식사하면
황금을 줘도 살 수 없는
창밖 행복까지 덤으로 먹을 수 있는 데야...

내 세상

산속이라도 살기 위한 한 방편인데
바깥 삶과 다를 게 무에 있겠어.
가진 것이 없으면 없는 대로
불편하면 불편함 그대로
살아가는 것이 산중생활 진미 아니겠어.
그렇다 치더라도
인간의 욕망은 끝이 없으므로
수시로 경계해야 하며
만족 또한 있을 수 없으니
거리를 둬야 하나니...

그런 생각으로 살지 않으면
힘들어서 살 수 없어.
한평생 살아가려면
내 세상은 내가 만들어 가야지 않겠냐고.

부자

오지 산속 생활이라고 바깥세상과
다를 게 무에 있겠어.
불편해도 살고
심심해도 살고
재미없는 재미로 사는 거지.

자연을 그대로 옮겨놓은 정원에
꽃을 심고 가꾸다 보면
기다렸던 꽃이 피었다 지면 뒤질세라
뒤를 이어 다른 꽃들도 다투어 피어.
핀 꽃을 들여다보고 있으면
자연이 덤뿍 담겨 있어
보는 것만으로도 부자富者가 되나니…

열반송

불교에서는 선사들이 수행의 정점에서
깨달음을 읊은 오도송悟道頌과
입적하기 전에
마지막 깨달음인 열반송涅槃頌을
매우 중히 여기나니...

붓다가 인도 북부 고향으로
향해 가던 도중
쿠시나가르라는 곳에서
대장장이 아들 쭌다가 마련한
돼지고기*를 공양하고
식중독에 걸려 고생, 고생하시다가

_____

* 일설에 의하면 버섯요리

입적하기에 이르렀음에도 불고하고
쭌다가 앞으로 살아가며
비난받을 것이 뻔한데다
자책과 죄책감을 예견하고
그를 어루만지며 위로해 준 데다
육신은 무너져 내렸음에도
입적을 지키는
스님들에게 부탁하시기를
'모든 형상은 무너진다.
그러니 부지런히 정진하라.'고 하신 것이
붓다의 열반송 아니겠어.

가슴앓이

먼저 떠난 딸을 잊을 수 없어
홀로 집을 지키기 30년째
외롭고 쓸쓸해도 오지에 사는 아낙.
풀을 뽑다가
약을 치다가
삽질도 하며
여름 한 철을 바쁘게 보내나니…

일은 할수록 힘이 빠져야 하는데
그네는 오히려 힘이 넘쳐
일하고 싶은데다
산속을 뒤지고 다니며
귀한 것 찾는 재미로 오지 마을을
벗어날 수 없다는 가슴앓이를
혼자 독점했으니 욕심도 많아서.

마누라

태어날 때 깔끔하게 태어났는지
휴지 하나라도 줍는 어르신.
지리산 피아골 산장지기로 들어가면서
마누라 보고
함께 입산하자고 했는데도
대처에 남은 마누란데
40년이나 사진을 지니고 다니면서
시도 때도 없이
'고마워, 고맙다. 우리 할망구.'
하고 대구 절을 해대나니…

그런 마누라 아니었으면
험한 세상
일곱 자식을 어떻게 키워냈을꼬.

설렘

수행 틈틈이 설렘에 젖어
손수 일군 텃밭에서
일하는 즐거움으로 사는 스님.

꿈이 있는 자는 늙지 않는다고
8학년 7반인데도
열정이 솟는 힘의 근원은
꿈 때문이라나.
꿈이라는 반찬을 마련할 때
설렘을 조미료로 첨가한다면
금상첨화일 테지.

스님의 하루 수행은
꿈으로 시작해서 설렘으로 마무리하나니.

천년송

자연이 심어 키운 천년송은
척박한 바위 틈새에
뿌리를 내린 탓으로
천년 세월을 두고
악조건을 견디며 버텨낸 데다
수많은 자연재해를
일방적으로 당하면서도
흔들리지 아니하고
생명을 지켜냈음이니.

천년송은 생명의 지엄함을
몸으로 때운 귀감龜鑑으로 우뚝 섰음이지.

대박

아침에 일어나 안개 낀 골로 들어서면
잠에서 깨어난 자연의 감수성이
햇살처럼 온몸에 스며들고
눈을 뜨기만 해도 하늘이 보이면서
땅에 뿌리 박고 사는
작은 생명들이 수없이 보이나니...

깊은 산골에 들어와
무거운 짐을 내려놓을 수만 있다면
누릴 수 있는 혜택이
어디 한두 가지겠어.
자연의 변화를 성령처럼 받으며
매일매일 만나는 자연인 데야
남는 장사치고 대박이 아닌가 싶어.

그 속은

마음에 들든, 들지 아니하든
사람들이 '야무지다, 인물 좋다.'고
해서 속아 결혼한 여인.
궁핍한 섬으로 시집와
삼시 세끼 밥을 해서
씨앗에게 상 차려 바쳤으니...

속 끓이고 간장 태우며
궂은일, 진일도 내색하지 않은 채
좋은 일만 마음에 담아
살아온 한恨의 세월
그 속은 얼마나 새까맣게 탔을까.

한결같이

길은 보이지 없는 데도
가면 길이 나듯이
원시의 골짜기를 수없이 건너야
겨우 도착할 수 있는 곳.

그런 험한 곳을 찾아서
'행주좌와 어묵동정
行住坐臥 語黙動靜'*
이란 어구처럼
놓치지 않고 행해야 할 것은
앉으나 서나 한결같이
수행에 몰입하는 것일 테지.

---

* 가거나 머물든, 앉거나 눕든, 말을 하거나 침묵을 지키든, 돌아다니거나
  조용히 있든.

벗으로

형제는 가까이서 서로를 보살피고
어려울 때 지켜준다면
하늘이 내린 가장 좋은 벗.

102세 어르신은 12살 때부터
집안 살림을 들고 한 데다
세 동생 거두며
90평생을 살았는데도
동생들이 착해
다투거나 말썽조차 피운 적 없으니
세상에 둘도 없는 벗으로 산 셈이지.

절대 신앙

집에 있으면 하세월 지루한데도
산을 오르면 시간이 금방 가.
산속을 뒤지고 다니면서
귀한 것을 찾는
별명이 산 귀신인 아낙은
사람보다 산이
친근하고 든든해서 믿고 산다나.

바쁘게 움직이다 보니
몸은 힘든데도
마음은 즐겁고
늙기도 더디게 늙으니
산이라면 어느 곳이든 좋다며
절대 신앙의 대상이라는 데야.

덤으로

아침에 일어나는 길로
햇빛으로 샤워하면
밤새 몸속 불순물이
버터 녹아내리듯이
녹아내리고
덩달아 욕심도 씻겨나가
하루 종일 평안해지나니.

자연인으로서 누리는 혜택으로는
재미뿐 아니라
먹는 것마저
단순해지면서 건강은
덤으로 챙길 수 있으니 좀 좋아.

자연은

자연에 묻혀 심심찮게 살다 보면
좋은 기운이 생기고
자연이 빚은 먹거리가
입으로 들어가면
진한 맛으로 일궈내서는
삶을 충전시켜주나니.

이 충전은 몸보다 마음이
먼저 힘을 얻으며
얻은 그 힘으로
밑도 끝도 없이 영혼을
자유로워지게 해주니까
자연은 치유의 종합병원일 테지.

정점

절지동물 곤충강 나비목 참누에나방은
나뭇가지에 누런빛을
띤 누에고치가 정점.

봄에는 눈이 부시도록
여름에는 옹골차고 차지게 일하며
가을에 수확해서
겨울에는 아랫목 차지.

일 년 열두 달 365일을 두고
고된 농사를 지으면서
힘든 것도, 고달픔도
참는 농부들의 정점은 자식 사랑.

못 찾겠다, 꾀꼬리

아흔 넘은 노구임에도 경봉 스님*은
늙어서도 시자의 부축 받으며
법상에 오를 정도로
생애 자체가 무상 법문인 대선사께서
누군가가 찾아왔을 때
'극락엔 길이 없는데 우째 왔으며
그래, 뭐 하는 사람인고?'
하고 묻자 방문자는 멈칫하다가
'아, 네. 노래하는 사람입니다.'
그러자 시자를 대하듯이
'그렇다면 가서 꾀꼬리나 찾아보시게.'
하고 화두를 던졌으니…

가객 조용필의 「못 찾겠다, 꾀꼬리」는
이 일화에서 힌트를 얻은 것일러니.

---

* 본명 정석靖錫, 법명 경봉鏡峰. 근현대의 고승. 통도사 주지, 극락호국선
원 조실 등 역임

지게

욕심은 부리는 것이 아닌 내려놓는 것,
하루를 살더라도 빚지지 아니하고
단순하게 소박하게 살아야지.
분신이었던 지게는 제 몫을 하고도
뭘 바라거나 불평하지 않아.

햇볕으로 손과 얼굴을 씻으며
생명 불식을 화두로 삼아
살아 있는 동안은
살아 있는 몫을 당연히 해야지
공연히 밥만 축낼 수야.

빈 지게 같은 인생이 아니라면...

달마

'출가란 절로 들어가기 위한 것이 아니라
도를 깨쳐 세상으로 나오는 데 있다.'며
오지 초막에 기거하면서
풀 한 포기, 새 한 마리도
도반으로 대접해 대화하며
자연을 불경과 법당으로 수도하는 스님.

'자연에 파묻혀 생활한다는 것은
구속받거나 걸림이 없으니까
자유를 누릴 수 있고
집도 절도 소유하지 않았으니
집착할 이유도 없으며
왔다가 가더라도 쓰레기 하나 남기지 않고
흔적 없이 갈 수 있으니 좀 좋아.'
하는 스님은 달마*가 현신한 것은 아닐까.

---

* 인도의 승려로 중국 남북조시대 선종의 시조

2.
───

신선 놀이

부수입

세상 등지고 자연을 벗해 살아가는
가을빛이 고이 잠든 산속은
나를 되돌아보게 하는
힐링 공간.
그런 곳을 찾아 정착하기란
잘난 사람도, 못난 사람도
결정을 내리기까지
힘들고 어렵기는 마찬가지.

기득권과 가진 것을
내려놓기가 쉬울 리 없으니까.

누구나 안아주고 감싸주는 오지에서
구름 같이, 바람 같이
산다면 힐링이야 부수입 아닐까 싶어.

젊게 사나니

억새가 윈드서핑을 즐기며
오색으로 물드는 산골 오지에서
남편이 떠난 지
20여 년째의 여인 있어.

하루가 멀다고 뚝배기에 된장 풀어
철철 넘치게 끓이고
나물 반찬으로 겸상을 차려서는
생시처럼 상 앞에 마주 앉아.

비록 겉모습은 늙었지만
남편 향한 그리움은 식을 줄 몰라
마음 하나만은 늙지 않고
지금도 새파랗게 젊은 나이로 사나니...

동화

가도 간 적이 없고
와도 온 적이 없는 것이 인생인데
왜 그렇게 미련을
떨쳐 버리지 못해
붙들고 앉아 고생, 고생하며
살아가고 있는지…

자연 속에 푹 파묻혀
부족하지도 아니하고
넘치지도 않으면서
벗어놓은 지게처럼 마음 비우고
허허롭게 살면
자연과의 동화同化는 필연 아니겠어.

밭갈이

소에게 멍에 지어 밭갈이하는데
소가 돌아서라는 말을
알아들으니
이 밭을 갈고 저 밭도
갈 수 있는 게 아니겠어.

이 밭 갈고 저 밭 갈아
콩도 심고 팥도 심고...

일에 재미를 붙이다 보면
행복이란 것이
농사짓는 것임을 깨닫게 되나니...

동백섬

아침에 자고 나 하는 일이라면
꽃잎이 떨어졌는지
떨어지지 않았는지를 보고
마당을 쓸었고
바다를 바라보며
파도가 치겠다, 치지 않겠다,
생각하며 살았는데다
바닷가 생활은
앞이 툭 틔어 속이 시원한데다
답답한 것이 없어
좋긴 하지만 동백이 피는 것을 보고
아픔을 느끼기도 한데다

동백꽃이 피긴 피더라도 드러내놓고
화려하게 피는 것이 아니라
조그맣게 피니까
그런 아픔이 더할 수밖에.

빨간 꽃잎이 지천으로 떨어지면
심장이 덜컹하고
떨어지는 느낌이 들면서
몸은 만년설이 녹듯이
녹아내리기도 했으니
평생 동백섬을 지키며
산 것치고 혹독한 대가를 치렀나 봐.

봄눈 녹듯

도시에서 살다 시골로 오면
도시에서 경험하지 않은 일을 하게 되는데
이렇게 하는구나 하고
놀면서 배우고
아, 이 맛이구나 하고
느끼며 사는 맛으로 외로움을 이겨.

멸치로 육수 내어 된장 풀고
토종 새우 넣어 끓이면 맛이야 덤일 테지.

바람 살랑이고 햇볕 따스한데
머위 쌈 싸 밥 한 그릇을
자연과 함께 뚝딱하고 나면
힘들게 일한 피로가 봄눈 녹듯 가시나니...

구름

구름을 스승으로 삼아 산 지 30여 년
생과 사가 다르지 않듯이
구름에게 배운 것이 어디 한둘뿐이겠어.
'생야일편부운기生也一片浮雲起
사야일편부운멸死也一片浮雲滅'*
이란 문구처럼
흔적을 남기지 않는 것이며
무한히 한가로움을 느낀 것하며...

구름 따라 걷다 보면
인생의 답을 얻을 수 있으리니
구름이 지나간 곳마다
가을이 영근 것을 놓칠 수야...

---

* 삶이란 한 조각 생긴 뜬구름과 같고 죽음 또한 한 조각 뜬구름이 사라지
는 것과 같으니.

꽃 때문

잔설을 뚫고 나온 봄꽃을 보면
간밤에 무서리가 내릴까.
간이 덜컹 떨어지고.
꽃이 피는 것을 반가워하면서도
노력, 봉사, 희생 없이는
볼 수 없으며
꽃을 제 자리에 찾아주려면
일을 해야 하는데
정원에는 그런 할 일이 너무 많아.

일한 보람이 영글어
꽃의 아름다움을 만끽한 데다
자연의 아름다움까지
덤으로 봤으니
사람답게 살았다면 꽃 때문이 아닐까 해.

순진하기

자연이 연출하는 온갖 조화를
인간은 따라 할 수 없어
흉내조차 내지 못해.
힘을 다해 꽃을 가꿔 놓아도
마음 졸이며 기다리던 눈이
펑펑 내리는 풍광과는
비교할 수도 없음이니…

'평생을 두고 자연을 이해하고
산 것이 행복이었으며
꽃 속에 살았으니
나는 곧 꽃이었답니다.'고
실토하는 여인,
순진하기 백합이 무색하리니…

전형

이 세상에서 쓰고 싶은 대로
쓸 수 있는 것이 얼마나 되겠어.

쓸 수 있는 것은 단 하나
눈과 바람을
내 마음대로 쓴다고 해서
누가 뭐라 하며
탓하는 사람 누구도 없어.

깊은 산속에 살면서 한세상을
눈과 바람의 부富를
누리면서 살았다고
큰소리칠 수 있으니
행복한 삶을 산 전형典刑이 아닐까 해.

신선 놀이

겨울에는 불을 보는 것이
때로는 위안이 돼서
불 때는 놀이를 즐겨.

불을 때고 있으면
불타는 냄새가
사람을 안온한 곳으로
데려다 놓는지
푸근하고 평안해지면서
세상 부러운 것을
하나하나 가시게 하나니
놀이치곤 신선 놀이 아닐까 싶어.

七月은

어느 시인은 4월四月을 두고
'가장 잔인한 달'이라 노래했으나
내게 있어 7월이
가장 잔인한 달이었으니...

욕심 없이 늙다가 어느 날 갑자기
팍 죽기를 바랐으나
전생에 어떤 업을 쌓았는지
조물주가 3기 초
주먹 크기의 암 덩어리를
귀한(?) 선물로 주셨으니
"좋은 선물 줘 고맙습니다."고
기도하며
편안한 마음으로 생을 마감했으면...

청복

암자에 가만히 앉아 있으면
주변이 너무 고요해서
계곡의 물은 양이 적은데도
현악 4중주 연주해.

비가 많이 오는 여름철로는
천상 오케스트라까지
초빙해 수준 높은 연주까지 하나니…

물가에 잠자리를 마련해서
며칠 몇 날을 묵으며
심취하기를 다반사로 했으니
그 청복聽福* 어디 가 누리리.

---

* 안복眼福과 같은 조어. 귀가 즐겁고 행복한 것

장소

마음에 불만이 가득 차 있을 때는
몸도 아는지 말을 듣지 않아
그럴 때는 높은 곳으로 올라가지.

높은 데 사는 것이 좋은 점은
안 보고, 안 듣고
말하지 않으면서
말 상대로는 자연을 벗 삼는 것.

스스로 반성하고 뉘우치며
마음을 비워내는 데는
그만한 장소가 없기 때문 아니겠어.

사는 것이

아침저녁으로 먹는 공양
반찬은 한두 가지
그것으로도 만족하며
즐길 수 있고
그렇게 먹어도 숨 쉬고 사는 데는
아무런 지장이 없어.
소박한 삶을 누리며
간단히 먹고
구속되거나 구애받지 않고
사는 것이
산중생활의 즐거움 아니겠어.

초대 손님

스님의 밥상 앞으로
오랜 가뭄 끝에 내리는 단비처럼
초대하고 싶은 손님 있어.

초대받은 손님은
귀한 신분인 줄 알았더니
뜻밖에도
땅에 떨어진 탱자 열매
마지막 단풍잎 하나
지나가는 비까지 포함해
자연을 초대하고
객원으로 자연을 요리하는
셰프를 초빙하면
식사 손님으로는 더 바랄 것이 없나니...

행복

깊은 산속에서 오래 살다 보면
행복은 거창하고 화려한 데서
오는 것이 아닌
사소한 곳에서 오는 것임을 알게 되나니.
작은 꽃 하나에서
오기도 하고
더러는 나무 열매에서
오기도 하니까.
기존에 생각했던 그대로 살면
재미라곤 없어.
별생각 없이 마음의 느낌 그대로
맑고 향기롭게 살면
깨 쏟아지는 행복 아니겠어.

부부

늘그막에 섬으로 와 생활하다 보니
부부 사이 정도 들고
사랑마저 깊어졌으니…

바다가 주는 만큼만 받고
스스로 일한 만큼만
행복하니 몸도 마음도 편안해.

부부가 오순도순 사는 모습
너무 아름다워 보는 사람마저
행복을 느끼게 하나니
이보다 좋은 부부 세상 어디 또 있으리.

3.

시절 인연

순리대로

앞산 뒷산이 모여 쑥덕이는 것은
무슨 말을 들려주려 함일 터.

저 산을 바라보는 것이나
농사를 짓는 것이나
선을 행하는 것이나
그런 것이 모여
하나 될 때 도는 이루어지기 마련.

도를 이루어야 산이 들려주려는 의미가
순리임을 깨칠 수 있어.
삶은 순리대로 사는 것이 진리인데
그것도 모르고 아등바등 나대었으니…

앞산

스님의 식사 초대 손님은 앞산.
찬이라 할 것도 없지만
서리 맞은 배춧잎에
햇살 가득한 된장이면
그것만으로도 풍족한 밥상이니…

공양을 마친 뒤
앞산을 바라보고 있노라면
무뚝뚝한 산이라고 하지만
대화를 나누다 보면
세상 살아가는 이야기란 이야기는
앞산이 대놓고 들려주는 데야.

마음

내가 아닌 다른 사람의 마음도 존재하는가?
마음은 눈으로 볼 수 없고
손으로도 만질 수도 없는데
어떻게 남의 마음을 헤아릴 수 있을까?

이런 것을 생각하다 보면
우울증에 빠질 수 있어.

우리 몸은 하나의 물질에 지나지 않아
알맹이인 마음이 없다면
몸은 색과 같은 것.
마음이란 태어난 적도 없으니
사라지거나 없어질 일도 없으며
존재하지만 만질 수 없는 것도
마음인 데야 뭐 그리 심각하게 생각해.

놀이터

한 해 겨울을 무사히 나려면
땔감은 필수 조건.
심심치 않게
싫지 않게
외롭지 않게
놀이 삼아,
운동 삼아
산에 올라 쓰러진 나무 베어
마당에 장작더미로 쌓아두지.

산속 숲은 놀이터로는 명당
온갖 번뇌며 망상을
벗어놓는 나만의 놀이터
오늘 하루도 재미있게 놀았나니...

제1 갑부

산을 들고 달아날까 봐
걱정되어 산을 지키려고
입산했다는 스님.

세상에 가진 것이라곤
주인 없는 풍광과
도척盜跖*이라도
훔쳐 갈 수 없는 청정 공기.

텅텅 비운 마음속에
부처님 모셨으니
마음은 제1 갑부라는
자긍심이 대단해
산도 알아서 모신다고 우쭐대나니...

---

* 盜跖, 춘추전국시대의 유명한 도적

시절 인연

언제, 어느 때든 만나더라도
서먹서먹하지 아니하고
오랜 인연을 맺은 것처럼
허물없이 지내는 사이.

지금에 와선 물 흐르듯이 흘러
함께 늙었으니
그것이 참으로 묘한 인연.

이를 두고 '시절 인연'이라고 하나니
오랜 인연因緣도
오고 가는 시기가 있기 때문일 테지.

사찰식

범종 소리에 잠이 깨 자리에서 일어나면
새벽예불로 하루가 열리나니...

사찰음식으로 선의 경지에 든 고수가
이름 있는 셰프를 초대해
식사하며 법문 나누려고
바다 냄새 향긋한 바다풀 요리
마음에서 일어나는 대로
제철 식재료와 특성을 살린 요리
마를 갈아 빚은 찜 요리
특식인 표고버섯 조청 조림
세월 따라 진한 향이
깊어진 된장과 간장 풀어
마음과 몸을 녹여주는 배추국까지 끓여
소박한 사찰식을 마련했음이니...

손님

우리 집에 오시는 손님은
가까이 지내는 분이니까
싱겁게 오려나 했는데도
올해 따라 얄밉게도
올 듯 말 듯 쉬 올 것 같지 않아.
봄의 전령 복수초가
눈 속을 뚫고 나왔는데도...

3월의 늦추위로 장독대 항아리가
깨진다는 속설 그대로
그래서 이렇게 더디 오는지
산수유꽃을 쥐어 보니
봄이 한 줌 덤뿍 잡히는 데도...

속병

나쁜 것을 마음에 담아두는 것은
좋지 않으니 풀어내야 해.
그렇게 하지 않으면 응어리져
속이 곪아 터질 수도 있음이니.

사물에는 이치가 있듯이
높음이 있으면
낮음이 있고
있다가도 없어지고
없다가도 또 생기고
세상은 쳇바퀴 돌듯이 돌고 돌아
되돌아오기 마련인데
억하지심*도 인연이려니 하고
훌훌 털어버려야 속병 들지 않으려니…

* 감정이 북받쳐 가슴이 터질 듯한 격한 분노

사도

비록 입 없고 귀 없으며 눈 없는 산일지라도
잘난 사람, 못난 사람,
가진 자, 가난한 자,
신분 귀천 없이 천칭*에 달듯이
공평하게 대하는 데다
거짓말까지 할 줄 모르니
친구 중의 절친 아니겠어.

산은 풀이며 나무, 바위며 돌마저
포용해 주니까 산처럼 살다 보면
논쟁거리나 시비 걸 일이며
싸울 건더기도 없으니
평화의 사도使徒 아니라고 할 수 있겠냐고.

* 아주 작은 무게를 달 수 있는 저울

언어의 보고

머물면서 이렇다 저렇다
말을 하지 않는데도
말 없는 저 산은
날 보고
어서 오라 하고
저 넓은 들은
날 보고
오래오래 머물라 하네.

억만 겁을 두고서도
말 없는 산이고
귀 없는 들인데
시인의 하찮은 언어로는
묘사할 수 없는 언어의 보고이니...

손편지

손편지는 화려한 글은 아니지만
쓰는 것만으로도 포근하고
마음을 편안하게 공유하면서
공감하고 소통케 하나니.

내가 행복해지면
세상이 행복하고
내가 웃으면
세상도 따라 웃나니.

세상은 변화무쌍하기 마련이니
변하기 전의 소중한 순간을
소복소복 담아 쓴
손편지는 정情의 요람이리니...

궁상

평생 행자승으로 지닌 것은 일발일의一鉢一衣*
부처님 가르침 대로 무소유를 실천하며
30여 년 궁상을 떨면서
옷을 기워 입었는데도
기운 두세 벌의 승의가 분에 넘친다고
한 벌만 남기고 나머진 남 줄까 해.
낡고 헤진 승의에 연륜이 배어
알게 모르게 신통神通이며 묘용妙用이며
하는 진리가 깃들어 있는 데도.

남들은 문명시대에 굳이 산속으로 들어가
왜 그리 궁상떨며 지내느냐고 하지만
'도는 닦기 나름인데 궁상이라니
무슨 말씀을 섭하게 하셔.' 하고 그냥 웃어넘겨.

---

* 밥그릇 하나, 옷 한 벌. 검소한 생활

100세

백 세 넘도록 세상을 살아보니
제 생각대로, 제 나름으로 살아야지
남 따라 살 것이
아님을 깨달았다는 어르신.

일흔다섯 나는 며느리가 한복을 빨아
다리미질해 입히면
손이 많이 가는 한복인데도
작업복인 양 입고
막무가내로 산을 오르고 들을 누비며
옷이야 더럽히든 말든 몸을 움직여
없는 일도 만들어 몸을 괴롭힌 것이
100세를 넘긴 비결이라나.

주인

별 같은 마음으로 보면
별처럼 보이고
달 같은 마음으로 보면
달처럼 보이고
마음으로 별을 보면
스스로 별이 되나니.

마음과 달은 둘이 아니듯
마음과 별도
당연히 둘 아닌
하나이기 때문에
당신이 마음의 주인공인 데야.

겨울나기

빈손으로 오지에 들어온 부부
생활하다 보니
돈은 부족한데 사랑은 넘쳐.
지난날 돈 못 번다고
지지고 볶고 원망만 했던 원수지간이
금실이 좋아지고
덤으로 사랑까지 챙겼다고
만면에 미소가 가득.

그 미소로 추운 겨울을 난다면
겨울나기는 포근함 아니겠어.

1인 5역

자칭 타칭 스스로가
스승이 되고
스스로가
제자가 되는 1인 2역의 스님.
스스로
철저하게 점검하고
스스로
빈틈없이 통제하며
스스로
수도에 전념하니까.

스님에게 1인 5역을
맡긴다고 해도 해내리니...

4.

제2 고향

심심할 때

지금까지도 철이 들지 않았는지
연분홍 순정을 간직한 산골 마을에
설레는 봄이 오면
여인들은 벚꽃이 활짝 피었는데도
꽃구경 대신 바구니를 차고
소풍 가듯이
산뜻하게 산으로 올라가
골짜기를 누비며
산나물을 채취해서 내려오나니.

바구니에 담은 산나물은 간데없고
산에 사는 메아리며
겨우내 숨겨둔 봄의 소리를
담아 와서 집안 곳곳에 숨겨두고
심심할 때 가곡처럼 듣는다나.

아이 같이

산속 생활에서 자연의 섭리에 순응하며
나무 한 잎도 허투로 보지 않는 사람.
현재 살고 있는 삶의 터전에
생각 없이 발길 디밀었다가
노루며 멧돼지 발자국이 있는 것을 보고
필이 딱 하고 꽂힌 데다
하늘이며 주변 산이며 터가
서로 어울림에 감동해서
내일 당장 죽더라도 여기서 살겠다고
다짐한 지 37년째.

'왜 깊은 산골에서 사느냐?'고
묻는다면 '인연 따라 사는 게 삶이니까.'
하는데 아이같이 순진하기 짝이 없으니…

풍경 소리

지리산 반야봉 1,200m 마루턱엔
일반인 금지구역인데도
암자 한 채 아슬아슬하게 걸려 있어.

추녀 끝에 풍경을 매달아 놓으면
센 바람이 불 때마다
어디론지 흔적도 없이 사라져.

몇 번을 매달기를 시도하다 포기하고
풍경 대신 가을을 추녀에 달고
출입문에 달아 놓았는데도
풍경 소리 맑고 곱기가
마치 극락에서 들려오는 소리 같다나.

제2 고향

왠지 모르게 떠나가 있으면
마음이 은근히 끌리고
한번 머물면
발길을 돌리지 못해 안달하는…

가끔은 짓눌린 삶의 중압감을
어떻게 할 수 없을 때
분당천과 성남 누비길 걷고
인근 율동공원을 산책하며
호수가 품은 그리움 모으고
마음의 터전을 일궈
제2 고향으로 안주하게 되었나니
성남시 분당구 서현 2동.

그런 멋

낚시를 너무너무 좋아해서
절벽 아래 갯바위에
덩그렇게 집 지어놓고
물 때 가리지 않고
바다로 나가 낚시하는데
미끼 끼워 던졌다 하면
월척은 기본 메뉴.

혼자서도 회 떠 놓고
소주 한 잔 카 -

매운탕 초밥에 요리까지 입맛대로 먹으니
그런 멋을 어디 가 즐기리.

체질

산골로 도망치듯 숨어 들어와
비닐하우스에서 살다 보니
머슴처럼 부려 먹는
남편이 있는 데다
덤으로 한쪽 주머니는 청정 공기,
한 손에는 앞산이
들려 있으니 좋다는 말이
절로 나올 수밖에.

단 하루를 살더라도 마음 놓고
풍광을 즐기다 보니
어느 새 몸은 자연 체질이 되었나니.

중생

오지 암자에서 홀로 수도하는 스님
누구든 암자를 찾아오면
밥을 해서 공양케 해.
불을 때는 수고를 들이고 정성만 보태면
그보다 쉬운 일은 없다면서.
어느 날 관음이 꿈에 나타나
중생에게 사찰식을 베풀라는 계시받고
일을 시작하다 보니
나누는 마음은 가볍고 즐거워
계속하게 되었으며
재료만 넉넉하다면
많이 해서 나눠 먹고 싶은데
나이 들어 몸이 따라 주지 않는다는
스님은 나물로만 찬을 마련했는데도
중생을 행복으로 그득 차게 하나니…

시간

자연 하면 떠오르는 것이 초록
초록 중에서도
봄으로 보는 연두색이 으뜸인 데다
냄새마저 상큼하고
맑은 느낌이 들어.

초록이라도 관심 없이 보면
모두가 잡초인데
관심을 주기만 하면
스스로 말을 걸어와.

비록 삶이 재미없고 심심하더라도
내가 나를 만나는 시간인데
잠시 잠깐도 소홀히 할 수야 없음이지.

늙을 틈

무엇인가 하겠다는 마음만 먹으면
어릴 적 소풍 가기 전날처럼
잠을 이루지 못했듯이
즐거운 마음, 설렘으로 가슴이 벅차나니…

지금 8학년 2반인데도
열정이 끊임없는 솟는 것은
꿈 때문이라나.
'꿈을 가진 자 늙지 않는다.'는
속언이 전해 오듯이.

오래오래 살고 싶은 이유가
하고 싶은 일, 이루고 싶은 일이 너무 많아
늙을래야 늙을 틈이 없다는 데야…

염려

인간은 언제 어디서 어떻게 죽을지
그 누구도 알지 못하니까
날마다 새날이라고
생각하며 붓을 들어
보이는 대로
느끼는 대로
들리는 대로
부지런히 그릴 수밖에.

그렇게 그리는 것은 자연.
붓에 들어 화지에 가득 담아 놓아도
도둑맞을 염려가 없으니...

열 입

산촌에 살다 보면 소소한 일상에도
재미가 쏠쏠하기 그지없어.

바깥으로 나다니며
조금만 꼬물거려도
뭔가가 생기고
이른 봄 눈 속을 뒤지면
냉이가 소복.
냉이 캐다 손이 시리면
마누라 젖가슴에
손 넣는 재미로 산다는 사내.

그 행복 도둑맞을까 안달한다는 데야
열 입이라도 할 말이 없음이니...

사연

사람의 한평생은 꿈과 같으니
그 꿈이란 것도 잠깐.

자식을 한창 키울 때는
먹고 사느라고 바빠
안아주지도, 업어 주지도 못한 데다
귀한 줄조차 몰랐었는데
손자 손녀는
왜 그렇게 귀엽고 사랑스러운지.

자식 키운 시절을 생각하면
아픔으로 다가오는 것은
무슨 긴한 사연事緣이라도 있는 것일까?

마법

곰배령으로 겨울 산행을 왔다가
하얀 눈에 반해서
서울살이 접고 정착했다는 부부.

긴긴 겨울 동안 보이는 것이라곤
눈밖에 없는 산골
눈이 오면
눈 치우기는 힘이 들어도
눈 치우는 재미마저 없으면
살맛 나지 않는다며
온산이 눈으로 덮여 포근한 데다
새하얀 추억까지
솔솔 피어나게 하니까
어린 시절로 되돌아가는 마법 아니겠어.

치유제

발길에 이끌려 산속으로 들어가
이것저것 산나물을 채취해
삶아서 묻혀 먹으면
자연의 맛에 푹 빠지는 것은 물론
마음이 충전되면서
몸은 좋은 기운으로 넘쳐
꽉꽉 차는 느낌이 들어.

식감食甘으로 말미암아
몸보다는 마음이 쉼을 얻고
쉼으로 영혼이 자유로워지기도 하니까
자연은 우울증의 치유제.

산신제

절태골, 산태골, 왼골 등 골짜기가
엄청 깊은 지리산 빗점골에서는
지금도 전통대로 산신제를 지내는데
제주는 한 달 동안
외출을 삼가고 화장실만 다녀와도
목욕하고 속옷까지 갈아입어.

제일祭日 저녁은 냉수마찰하고
한밤중에 뒷산 올라
당산나무에 짚으로 꼰 금줄 두르고
한지와 명태까지 끼워놓고
그 앞에 제물을 진설해
마을의 안녕을 기원하는 의식을 치러.
이런 정성이야말로
산신의 마음을 중히 여기기 때문일 테지.

셰프

5, 15, 25일로 장이 선다는 태백 통리
길거리 시장에 가면
장터국수 500그릇을 파는 셰프 있어.
그네는 평일은 준비하느라고
다 죽어 가는 시늉하다가
장날이 다가오면 힘이 펄펄 솟는다니…

힘들고 어려운 점도 많았으나
한두 해 하다 보니
손에 익고 단골손님이 찾아주는 데다
입소문으로 듣고
찾아오는 손님을 외면할 수가 없어
그만두고 싶어도 못 둔다며
성공한 죄밖에 없다며 함박웃음 지어.

구산 스님

수많은 선승을 제자로 배출한 구산 스님*은
출가한 뒤로는
돌에서 자고
미숫가루로 공양했음이니...

큰스님은 제자들에게
'자네들, 참선하게. 언제까지 해야 하느냐고
묻지 말고
목에 칼을 들어대고 협박하더라도
눈 하나 까닥하지 않고
버텨낼 수 있는 베짱이 생길 때까지 하게.
그게 참선인 게야.'
하고 설법하셨음이니...

---

* 구산 수련九山 秀蓮 스님, 송광사 조계총림 초대 방장, 간화선看話禪의
세계화에 기여.

세월

땀이 줄줄 흐르는 데도
마누라는 춥다고 하니
남편이 얼음공주라고 별명을
지어주고 산 지
57년이 지났는데도 아웅다웅 다퉈.

된장찌개 하나 가지고도
싱거워서 다투고,
짜다고도 다투고
다투며 살았으면서도
정으로 꽁꽁 묶은 부부의 세월이 흘렀다고
남 앞에 자랑삼아 내세우니…

왕국

눈이 내려 은빛 세상이 되면
돌이며 나무며 바위까지
운치로 넘치는데
산에서 홀로 산다고 해서 혼자라니,
천만의 말씀, 왜 혼자?
나만의 왕국으로
신하들은 셀 수도 없이 많아.

지상에서는
나무며 바위가 보초를 서고
하늘에서는
까마귀며 매, 독수리가 쉼 없이 날며
주변을 정찰하니
이런 나만의 왕국이 세상 어디 또 있으리.

단풍

오지에서 수행하는 일흔여덟 스님에게
'젊은이보다 피부가 참 곱습니다.'하고
넌짓 여쭸더니
'곱기는 뭐가 그리 고와.
깨끗이 씻어 그렇지, 뭐.'하며
열없이 부끄러워해.

가을 한철 내내
단풍에 취해
단풍으로 세안하고 목욕하며
온몸으로 즐기다 보니
피부가 곱고 맑은 그 비결은
뒤로 감추고 왜 발설하지 아니하는 걸까?

전유물

'당연하게도 불전이랍시고
형상을 만들어 절하고
예불을 드려야만
부처님 섬김이 되는 것인지.'하는
의문이 든 끝에
불상을 들어내고
마음속 깊숙이 남모를
부처님 모셔 두고
침묵 수행으로 일관했음이니.

이런 일의수관一意修觀은
스님만의 전유물일 테지.

5.

무한 무대

자연밥상

산골 밥집 사내는 찬거리 사러
시장에 가는 것이 아니라
산으로 올라가 산을 뒤지는데
취나물을 뜯으면 취나물 반찬
더덕을 캐면 더덕구이
산도라지를 캐면 도라지무침
버섯 따면 버섯찌개를
그날 오는 손님상에 올려.

30년 묵힌 매실액 뿌려 맛을 내고
10년 묵은 된장을 풀어
보글보글 끓는 버섯찌개를 더하면
먹기보다는 맛을 음미하는
맛깔나는 자연밥상으로 거듭난다지.

먹거리

겨울에는 먹을 것이 있어도
부족하기 마련이고
아예 없기도 하니까
먹을 수만 있으면
감사하는 마음을 잊지 말아야 하느니...

냉이, 달래, 쑥, 곰보배추는
추운 겨울을 버텨낸
자연이 내어준 귀한 식재료.
푸성귀에다
시골 엄마 솜씨를 한껏 발휘한다면
셰프는 흉내조차
내지 못할 귀한 먹거리가 되나니...

농부 아낙

이른 봄이 되기도 전에
겨우내 자란 비닐 속
마늘 싹을 꺼내주며
'어쨌든동 나하고 잘 사귀면서
무럭무럭 자라서
더도 말고 덜도 말고
주먹만큼만 굵어져라.'하고
농부 아낙은 대구 중얼대나니.

마늘밭에 열 번을 가면
마늘이 열 번을 반기니
부지런히 마늘밭을 드나들며
잘 사귀어 놓아야
굵고 실한 마늘을 수확할 수 있음이니.

무소유

스님의 참선 도량道場은
사람이 살 수 있을까 하고
의구심이 드는 곳.

가구 하나 없는 데다
공기가 주인 노릇을 하는
텅텅 빈방.
그런 방이 10년 세월을
먹고 자고 수도하며
생활하는 공간이었으니…

무소유의 전범典範으로
욕심 없는 스님이랄 수밖에.

무한 무대

그 남자의 오지 산속은 보금자리며 일터
음악실이고 연습실이며
음악을 할 수 있는 무한 무대.
늘 색소폰을 배낭에 넣고
산을 오르는 이유로는
산속에서 연주하면
자연에게 들려줄 수도 있고
때로는 자연하고
협연도 할 수 있기 때문이라나.

덤으로 줄기를 타고 오르며
진을 빨아먹고 자라는 송담까지 챙기니
소나무에게 도움이 되는
데다 당뇨에도 좋으니
당뇨 있는 마님에게 칭찬 듣는 것은 덤.

풍광

하룻밤을 배낭에 찔러 넣어
시골집으로 내려가 머물기
일곱 해나 되다 보니
그리운 사람,
아름다운 추억이 쌓였나니...

불을 때며 일기도 쓰고
지난 일을 반성하며
자문자답도 해 가면서...

집을 나서 산책하다 보면
풍광에 푹 빠져 버리니
평화의 중심에 서 있는 줄도 미처 모르니...

완전체

40여 년 동안 수행하며
침묵과 명상을 통해
단안을 내렸음이니…

스님은 맨발로 길을 나서
산속 이름도 없는
아이 무덤을
고행의 장소로 정했나니.

무덤을 선택한 이유가
죽은 자는 아무것도 남기지 않았는데도
비움의 마지막 완성체로 남았음을
깨우쳐주는 것이 이유라나.

마력

5년 전부터 비구니 스님과 함께
수행 중인 행자 스님.
두 사람의 인연은
우연히 서로를 보고 나서
'한번 만나야겠다.'고 생각 끝에
옷가지 한둘 달랑 들고
찾아온 것이 계기라나.

그때 스님이 놀란 것은
'일반인이 이사를 이렇게 간단하게
할 수 있을까 하는...'
해서 수행 덕목의 하나인
소박한 삶의 마력魔力에 홀딱 반했음이니...

이골

처음 산으로 들어올 때는
자연을 향유의 대상으로 여겼으나
10년 세월이 흐르고 보니
욕심을 부리는 나무
욕심을 부리는 물
욕심을 부리는 공기를 본 적이 없어
그 때문에 생각이 절로 바뀌어
향유 대상이 아님을 알았으니…

자연 속으로 깊숙이 들어와
자연스럽게 산다는 것은
뒤늦게 욕심을 내려놓는 것임을 깨쳐서야
비로소 마음이 평온해졌으니
그 정도면 자연의 삶에 이골이 난 게지.

즐거움

농촌 생활이라고 해서 다를 게 뭐 있겠어.
마음의 문을 열어 놓고
텅 빈 충만으로 삶을 누리는 게지.

그런 삶 중에서 챙길 것이라곤
바깥에 나가 종일 일하고
날 저물어 들어와서
아궁이에 군불 지피고 앉아
불빛을 바라보며
그리워라, 추억을 떠올리고
오늘 하루도 할 만큼
했다는데 푸근함을 느꼈다면
그게 농촌 생활에 숨겨둔 즐거움 아니겠어.

고백

바람이 불면 문을 드르륵 하고
치고 가는 것이
누가 찾아와 문을 두드리는 것 같아
문을 자주 열어본다는 스님.
그럴 때마다 사람은 더불어
존재한다는 것을
새삼스럽게 실감한다나.

인가와 멀리 떨어져 오지에
들어와 산다는 것은
쉬운 일이 아닐 터.
사람에 대한 그리움은 최소 2, 3년은 가.
3년은 지나야 잊혀질까 말까
한다는 스님의 고백은 선문답일 테지.

둥근 것은

세상 모든 일이 그렇듯이
산중 적응도 다를 바 없음이니.
매일 매일 반복해 올리는
부처님의 공양을
정성스레 마련하는 것이 지겨울 수야.
행자승 시절부터 반복했으나
지겹다는 생각조차 든 적 없어.

둥근 것은 둥근 줄을 모르다가
남들이 둥글다고 해야
비로소 둥근 줄을 알 듯이
뭐가 귀하고 중요한가를 모르는 것이
진정한 삶 아닐까 싶으이.

앞마당

깊은 산골을 지나다가
우연히 눈에 띈 버려진 집 한 채
속는 셈 치고 고쳐서
살아보니 혼자 살아도 재미가 메주.

느긋하게 앉아 주변을 둘러보면
하루가 새롭게 변하는
연두색,
초록색,
분홍색 풍광에
병풍처럼 둘러선 산을 바라만 보아도
마음이 평정되고 평온해져.

골짜기 전체가 엄마 품 안 같은 앞마당이니...

고립

증오심이란 마음에 독을 품는 것
위대한 자연을 스승으로 삼아
사색의 자유를 한껏 누리며
자연과의 교감을 통해
증오심을 하나씩 둘씩 삭이게 되면
고독할 수는 있을지언정
고립되어서는 안 된다는
깨달음을 얻을 수 있음이니…

사람은 고독하면 할수록
마음은 더더욱 투명해질 수 있겠으나
고립은 단절을 가져올 수밖에 없음이
인간사 필연 아니겠어.

물과 사람

맑고 투명한 산골 물이라도
일단 얼어붙으면
도끼로도 깨기가 쉽지 않듯이
사람도 모진 마음 먹게 되면
바늘 끝 하나 들어갈
여지도 없이 메마르게 되나니…

물의 본능은 흐르는 것이며
흐르면서
자연도 살리고 사람도 살게 해.

고인 물은 생명력을 잃듯이

사람의 마음도 한번 닫히게 되면
건전한 마음이라기보다
병든 마음이려니.

마음은 닦는 데 있는 것이 아니라
용심用心에 있으며
마음을 어떻게 쓰느냐에 따라
화려한 꽃을
피울 수도 있고
악의 꽃을
피울 수도 있음은 자연의 섭리 아니겠어.

농심

깊은 산속 비탈진 다랑이논에서
농사를 지으면
고라니도 주고
멧돼지도 주고
새에게도 주고
남은 것만 거둬서 먹어.

어떤 작물이든 심어만 놓으면
쑥쑥 자라는 재미로
농사를 지으며
가을 들어 고개 숙인 벼 이삭에
견줄 만한
더 좋은 것은 없음이 농심 아니겠어.

늦바람

나이가 들면 들수록 겉정보다는
속정으로 살아가기 마련인지
'가난해도 남편 마음 하나는
더하고 빼도 딱 100점.'이라며
남편 자랑을 입에 달고 사는
할머니의 끔찍한 남편 사랑.
'마음씨 고운 아내 덕에
하루하루 호강 떨며 산다.'는
할아버지의 묵직한 아내 사랑.

사람들은 이들 노부부를 두고
늦바람이 났다는
입담이 높은 재를 타고 오르내린다지.

편의점

영남 알프스 1000m 고지에서
편의점을 운영한다는 스님
웬만한 식당 못지않은
식기까지 갖추고
나눠 주고 나눔 받는 장소로
활용도 겸하고 있어.

스스로 부처님에 귀의한다는 발심으로
마트를 운영하면서
50년을 굳건히 버텨냈다니
불심이 깊지 않으면
있을 수 없는 기적 같은 일이러니...

6.

리즈시절

리즈시절

살아생전에 그대에게 물이 든다면
그보다 좋은 것은 없을 것이며
생애 중에 가장 아름다운 시기일 테지.

가을로 접어들면서
만산에 단풍 들면
마음도 한껏 취하듯이
서로는 애인처럼
서로가 서로에게
곱게 물들어줘야
찰떡궁합이라 할 수 있으니
일생일대 가장 좋은 리즈시절* 아니겠어.

---

* 인기, 실력이 절정에 이른 좋은 시기. 영국 축구 선수 Smith, A가 프리
미어 리그 리즈 유나이티드에서 뛰어난 활약을 펼쳤던 데서 비롯.

면죄부

세상에 진짜 좋은 것은 남편이 마누라를
해먹에 태워 밀어주다 보니
'부부 사이 우메 좋은고.'가 입에 밴 것.

마누라는 해먹 타는 맛에 절어
지난날 남편이 잘못을
용서해 주나니.

남편은 해먹을 밀어준 대가치고
선물 받은 면죄부가
무덤까지 가져가는 소중한 자산이 되었다고
입이 불어 터지도록 자랑하나니.

마성

국밥의 1인자로
손이 뭉퉁한 셰프의 고수를 만났으니.

국밥은 특별한 것도 없는데
먹기 시작하면
묘하게도 끌리는 맛에
국밥 한 그릇을
개눈 감추듯 했음이니.

먹는 순간 답답하던 속이 확 풀리면서
기운까지 불끈 솟으니
국밥의 마성에 홀렸음일 테지.

찻잎

찻잎은 대구 치대어야 향이 우러나듯
사람도 어울려 넘어지고
상처를 주고받는 데서
자기를 찾을 수 있음이니.

세상에 수고로움 아닌 것이 없듯이
만인의 수고가 음식을 통해
깨달을 수 있게 함이니.

고마운 마음 잊지 않는 것이
세상 살아가는 지혜 아니겠어.

단순함이

산에서 생활하다 보면
필요한 재료는
산에 있으니
먹는 수고만 보태면
더할 나위 없나니...

살아주는 것만으로도
몸은 자유이고
마음은 필요한 만큼의
행복으로 충만하기 마련.

비록 몸은 고달프고 힘들어도
단순함이 생활의 지혜이리.

성찬

앞에 펼쳐진 산과 능선이며
쏟아지는 햇빛을 보면서
공양하면
밥만 입에 떠넣고
씹고 있으면
찬 없이 먹는데도
밥이 달아서
있는 찬도 먹기 싫어져.

눈앞에 펼쳐진 풍광이
세상없는 성찬盛饌인 데야.

노잣돈

깊은 오지 생활은 고행이면서
자기와의 싸움이지.

자신을 위하는 유일한 길인데
힘이 들지 않는다면
속임이 아닐까 싶어.

힘들다, 어렵다, 외롭다,
이렇게는 더 이상 못 살겠다는 생각이
들지 않을 때까지
마음고생을 극복해야 하니까.

오지 생활의 노잣돈이라면 노력한 만큼
행복을 얻는 것 아니겠어.

울타리

전국 방방곡곡 산하를 누비다가
지리산 남사마을로 들어와
정착했음은
사람의 삶이 알이라면
자연은 삶의 둥지이기 때문.

둥지가 허접하면
바람에 날리거나 빗물이 스며들어
알이 부화할 수 없어.
자연은 환경이고
우주이고
삶의 울타리니까
소중히 여겨 아끼고 가꿔야 하지 않겠어.

본업

외로운 사람일수록 겨울은 춥게
느껴지기 마련이고
봄, 여름, 가을이
좋다고 느끼는 것은 자연 섭리.

가파른 산길을 오르는데도
자주 다니다 보면
가파른 줄을 모르듯이
외로울 때도 있지만
그럴 때는 외로움을
피하기보다는 맞서 부딪치며
친구로 대접해 주면
즐거움은 덤이고 외로움은 본업이 되리니...

정갈함

육수 대신 쌀뜨물로 맛 내고
국물 맛이 제대로 우러나게
볶은 깨도 덤뿍 넣어
드시는 분을 위해
마음을 가득 담아
한 상 차려 내나니.

제철 식재료를 사용한 사찰음식은
재료 본연의 맛과
정갈함이 기본일지니
한겨울 강추위에도
스님의 육신을 든든하게 하나니...

배려

싱그러운 생명과 맑은 기운이
도는 흰 꽃의 정원.
소소한 일들이 모이고 쌓여
누군가의 이력이 되듯이
미미한 꽃을 통해
자연의 섭리를 알 수 있게 됐으니…

정원 한쪽 가장자리에는
꽃처럼 맑게 사는 마음으로
서실을 마련해서는
'여백의 서실'이란 현판 걸어 두고
지친 사람 쉬어가게 해.
그런 배려는 금메달보다 값진 것 아니겠어.

인생 3막

여든여덟 나이 되도록 일밖에
모르며 살다가
갑자기 마주한 죽음의 문턱.
환자로 죽지 않고
인생 3막의
마지막 생을 장식하기 위해
여행하다 객사하려고
몰래 집을 뛰쳐나왔으니.

배낭 속에는 시신을 기증한다는 유서와
신고하는 비용에
보태쓰라고 신사임당 두 장.

떨림

정원을 손질해서 꽃을 심어 가꿔 놓고
꽃이 피는 모습을 보고 있으면
왠지 모르게 가슴이 벅차.
이 가슴 벅참이야말로
넓은 정원을 다듬고 가꾸는 힘이 되며
꽃과 나무들이 전해 주는
떨림까지 감지할 수 있어.

가슴 속 깊숙이 생명의 떨림 하나
갈무리하지 못한다면
살아 있다고 할 수 없으며
살아 있다고 하더라도 산 것이 아닌
넋이 달아난 텅 빈 껍데기 삶일 테지.

신데렐라

번잡했던 일상생활에서
삶의 무게를 미련 없이 내려놓으면
보이지 않던 것들이
수없이 보이게 되나니,

산골 오지 고향으로 내려와서야
마음속에 자연의 꽃이
피기 시작했으며
마음을 안 꽃도 꽃을 피워 뽐내나니.

꽃을 환하게 피게 한 마음으로
자연을 바라보면
신데렐라가 되고도 남으리니…

자연식

이 길을 걸을 때면 주변이
얼마나 아름다운지
쌓였던 시름마저 잊게 되나니.
소나무 하나를 볼 때라도
고맙다는 생각이 들며
에너지로 충만하기 마련.
배려하는 마음을 담고
정성을 다해 공양 지으면
자연이 풍덩 빠진
자연식으로 환골탈태하는 데야.
욕망을 다스리는 첫걸음은
몸과 마음을 이롭게,
건강하게 하는 자연식에서 비롯함이니…

선물

오지의 산중생활은
세상을 하나씩 배우며
사는 것 같아
혼자 살아도 심심할 틈이 없어.

눈앞에 펼쳐진 풍광은
세상에서 가장 큰 절
주변 산은 법당
바람은 도반道伴
덤으로
대찰의 주지 노릇까지 떠맡은 것은
자연이 준 귀한 선물.

뚝배기

19살 나이 차이 부부가 산골로 들어가
뚝배기 같은 삶을 살아.
남편은 산을 오르면 스승을 자처하며
눈에 띄는 대로 가르쳐줘도
아내는 버섯 찾기에만 관심 쏟아.
가을의 보석 능이버섯을 채취해서
된장 풀어 버섯찌개를 끓이겠다며.

열아홉 나이 차이인 데도
이 부부는 냄비처럼 확 달아올랐다가
혹 식는 사랑이 아니라
신랑은 생김새는 그렇다 치고
진국으로 뚝배기 부부로 손색이 없음에야.

세월의 무게

산골 오지 동떨어진 외딴집
혼자 사는 새막골 엄마는
열여덟에 시집와서
50여 년 농사일을 하면서
칠 남매를 곱게 키워
외지로 떠나보낸 뒤
자식이 그리워도 떠나지 못해.

세상 모든 어머니의 살아온
사랑과 그리운 눈물 담은
세월의 무게를 벗어날 수도,
어떻게 할 궁리도 생각하지 못해.

장점

바람과 구름, 산을 벗 삼아 수행하는
산중생활은 자연에 동화되어
마음의 평화가 터를 잡으면
선과 악, 호불호를
초월할 수 있으며
산이 주는 영감과 기운도
받아들일 수 있어
오래 지내더라도 지겹지 않아.

산중생활의 장점 하나는
자급자족이 되니까
신도에게 신세를 지거나
빚지지 않고 수행할 수 있음이 아니겠어.

채개장

채개장이라고 해서 개고기라니
그게 뭔 욕된 소리여.
고기 아닌 채소로 만든
육개장인 데야.
스님의 공양간에서 빚은
빨간 맛의 육개장.

사찰 내에서 고기는 금기이니
보신할 것을 찾다 보니
채소로 육개장을 끓어
허한 스님들의 몸보신으로
보충하는 채개장인 데야.

눈물의 결이듯이

세상 모든 것은 완벽하지도
완벽할 수도 없음이니
죽고 못 사는 친구도
안부조차 묻지 않는 사이가 되고
인생을 걸고 사랑했던 사람도
세월이 흐르면 남남이 되듯이
뼈를 태운 혼신의 노력으로
성공을 손에 움켜쥔 것도
사라진 줄도 모르고 사라지는데
인생만은 왜 지속되어야 하는지...

인연은 돌고 돌 듯이 만날 사람은 만나고
멀어질 사람은 멀어지는 것.
높은 곳에서 쏟아지는 폭포 물줄기는
산이 품고 있다가 흘려보낸
눈물의 결이듯이
사람에게도 나름대로의 결이 있어
세상 모진 풍파에 휩쓸려 망가져도
올곧은 결만 함께 한다면
큰 물줄기 되어 강을 이루면서
당당하게 대양大洋에 이를 수 있나니...

가성비

몸의 힘은 운동으로 키울 수 있고
몸의 힘보다 몇 배 센 힘도
키울 수 있으니
그게 바로 마음의 힘 아니겠어.

세상에서 볼 수도 없고
만질 수도 없는
가장 값진 마음의 힘을 키우는 데는
가성비도 최고.

건전한 생각, 고운 생각, 좋은 생각이면
필요하고도 충분해.
그 이외의 자양분은 필요 없으니까.

숙명

인간의 삶은 거미줄과 같은 것
거미줄에 갇힌 줄도 모르고
거미줄이 완성되기를 기다리며
아등바등 살아가기 마련이니…

사랑을 위해,
가족을 위해,
명예와 권력,
출세를 위해
자신도 모르는 사이
스스로를 옭아매었으니
불상타, 숙명적이라고 할 수밖에.

천상 화원

이런 험한 길 끝에 누가 살까?
하는 의아심이 드는 데다
사람이 도저히 살 것 같지 않은
오지로 살러 들어온 부부 있어.

자급자족이라도 해서 살기 위해
집 주변을 개간하고
하나둘 뭔가를 심다 보니
황무지 1만 평이
봄 여름 가을로
온갖 꽃을 피워내나니
부부가 이룬 천상화원 아니라고 한다면
섭섭함은 덤으로 따라올 테지.

7.

손으로 쓴 편지

손편지 Ⅰ

…
제게는 그리움도 살이 있는 것이어서
목마름으로 애타게 물 한 잔을 찾듯
당신이 그리운 밤이 있습니다.
절반은 꿈에서 당신을 만나고
절반은 깨어서 당신을 그리며
…
서로 다 가져갈 수 없는 몸과 마음이
언제쯤 물에 녹듯 녹아서 하나 되어 만납니까.

선생님께

시인 도종환의 시 일부를 인용했습니다.

선생님, 어떤 날은 정말 인용한 시와 같은 시를 훔치고 싶어요. 그럴 때면 마음의 한 올조차 글로 표현하지 못하는 스스로가 몹시 원망스럽답니다. 아니, 생각하면 제 마음이 무어 그리 대단한 게 있을까요.

진정으로 원망스러운 것은 어쩌면 시인의 것에 미치지 못하는 글솜씨가 아니라 선생님의 마음에 닿지 못하는 제 마음

탓인데요. 하지만 보잘 것 하나 없는 하찮은 마음이라도 헐값으로 팔아 버릴 수는 없는 것, 선생님께서는 이 점에 대해 이해하시리라 믿습니다.

늘 짝사랑만 했다고 믿지 못할 말씀을 하시는 우리 선생님, 하지만 아마도 선생님이 사랑하셨다는 그 분 역시 선생님을 많이 사랑했으리란 생각이 들어요. 선생님께서 사랑을 모르는 이를 사랑했을 리 없으니까요.

대학을 다니는 동안, 하루에도 몇 번씩이나 선생님을 마주칠 때는, 특별한 일이 없는데도 연구실 문을 두드려 선생님을 뵐 수 있었던 때는 이토록 선생님을 보고 싶어서 이렇게 안달할 줄은 상상이나 했겠습니까.

세상이 찌렁찌렁 울리도록 유행가를 틀어두고 선생님 방을 청소하던 1학년 겨울, 뭐 하나 바로 놓을 것이 없을 만큼 깨끗하게 정리된 것을 보면 선생님은 참으로 깔끔한 분이시라 생각했답니다. 가끔 종이 꾸겨진 것이 담긴 휴지통을 비우고 나서 책상 위에 놓인 샘플 로션 병뚜껑을 열어 향기를 맡아 보기도 했었어요, 존경하는 선생님!

여자 화장품!

전 감히 한번 발라볼 생각조차 하지 못했답니다. 제게는 가슴이 차고 넘치도록 높으신 이름, 선생님께서 사용하시니까. 덤벙대는 성격 탓으로 찻주전자 뚜껑을 떨어뜨려 깨기도 했지요. 걱정스러움에 어쩔 줄 몰라 하는 제게 선생님께서는 아무

렇지도 않게 '괜찮아.' 하시던 말씀이 얼마나 고마워했는지요.

저보다 일찍 오셨던 선생님, 선생님과 함께 마셨던 이른 아침의 커피 한 잔은 선생님의 첫사랑 동화처럼 가슴에 남아 있는 추억이랍니다.

나이가 들수록 두려움이 느는 것, 욕심이 많아지는 것, 어떤 이들이 말하는 그것들이 제게도 해당되는 것은 아닐까요? 선선히 보내준 것과 미련 없이 내어놓는 것은 새로이 맞이할 가치에 대한 믿음 때문일 테지요.

그렇다면 그토록 소중한 현재를 내어놓기 싫은 것은 과거를 선선히 보내준 대가가 아닌지 모르겠습니다.

하지만 저는 세상에 모든 것을 양보하더라도 선생님만은 양보하고 싶지 않아요.

언제까지나 소중한 것을 지속하고 싶은 집착이 제게는 언제까지나 가시지 않으니까요.

선생님께서 멋쩍은 듯 씩 웃으시는 모습이 제 마음에는 어찌나 좋았던지.

선생님은 선생님의 시만큼 부드러운 분이시란 걸, 그저 아는 이만 안다는 것은 얼마나 안타까운 일인지 모릅니다. 싫어하는 것과 좋은 것이 너무나 분명하신 선생님. 해서 선생님 앞에서는 가릴 것도 꾸밀 것도 없었답니다. 그 마음이 어떤 것인지는 선생님께서 잘 아시니까요.

선생님, 모든 사랑은 첫사랑이고 사랑하며 사는 일이 살아 있는 진정한 삶이라는 것을 선생님과 더불어 하면서 터득한 저의 믿음이에요.

갑자기 선생님의 장편소설 『첫사랑 동화』의 고쳐진 이야기가 매우 궁금해지네요. 예전처럼 선생님 가까이서 책으로 나오지 않은 이야기를 만날 수 있었으면 좋겠는데…

선생님, '눈에서 멀어지면 마음에서도 멀어지기 마련.'이라는 속언을 믿으시나요? 아니, 이 말을 왜 썼을까요?

이틀 밤을 밝히고 또 네 시간째 편지지를 잡고 있지만 이유를 모르겠습니다.

이런 편지를 쓰다니, 제가 왜 이렇게 용감해졌을까요? 한 줄 한 줄, 행간과 행간, 제 머릿속까지 선생님께서 다 짐작하실 것 같아 부끄러움뿐이면서 어떻게 이토록 당당하게 쓰고 있는지 저도 모릅니다.

책꽂이에서 장편소설 『450년 만의 외출』을 꺼내어 잠시 읽었습니다. 곳곳에 배어 있는 선생님 모습 때문에 때로는 웃음도 짓고 또 때로는 가슴 설레기도 했어요.

『450년만의 외출』에 등장하는 농암이라는 곳, 정말 아름다운 달빛이 쏟아지는지 한번 가 보고 싶어요. 어떤 실재라고 하든 상상만큼 아름답지야 않겠지만 그와 더불어 상상이 실재가 되는 환상을 때로는 만나보기도 하니까요.

이틀 전, 아침나절부터 쓰기 시작한 편지인데도 아직 마치지 못한 채 밤이 되었어요.

밤에 쓴 편지는 부치는 것이 아니라는데, 하지만 이젠 그런 말처럼 쓴 편지를 봉하지도 않은 채 서랍 모서리에 매장하는 일은 앞으로 더는 하지 않을 거예요.

선생님, 늘 바쁘시지만 그런 중에서도 시, 소설, 그리고 아름다운 것에 대한 시선을 놓지 않으시는 선생님, 존경하고 사랑한답니다. 선생님의 멋진 모습을 더 많은 이들이 알게 되는, 그리하여 저와 더불어 선생님을 몹시 존경하고 사랑하는, 오늘 하루가 되었으면 좋겠습니다.

제가 그렇게 되도록 기도할게요, 선생님!

2001. 12. 18 류○○ 드림

손편지 II

선생님께

…

그러나 가끔은 쓸쓸해서 아무도 없을 때 왠지 모르게 저절로 꺼내지곤 하죠.

가령 이런 이국 하늘 밑에서 좋은 그림엽서를 보았을 때 우표만큼의 관심도 내게 없을 사람을 이렇게 편안히 멀리 있다는 이유로 더더욱 상처의 불안도 없이 마치 애인인 양 그립다고 받아들여진 양 쓰지요.

당신은 자신이 그렇게 사랑받고 있음을 영영 모르겠지요. 몇자 적다 이 사랑 내 마음대로 찢어 처음 본 저 강에 버릴 테니까요. 불쌍한 당신, 버림받은 것도 모르고 밥을 우물대고 있겠죠.

나도 혼자 밥을 먹다가 외로워지면 생각해요.

나 몰래 나를 꺼내 보고 하는 사람도 혹 있을까. 내가 나도 모르게 그렇게 행복할 까닭이 혹 있을까 하고 말이에요.

— 김경미 「그림엽서」에서

선생님, 안녕하셨어요?

선생님을 생각하며 꿈을 키우는 것이 습관으로 굳어졌는지 몇 달이 지났는데도 새벽이면 잠을 이루지 못한답니다.

넘치는 감성과 극도로 빈약한 이성의 부조화 같은 상황을 모면하기 위해서라도 새벽이면 깊은 잠이 들어야 하는데도…

선생님께 보내는 편지를 쓰다 지우고 지웠다가 또 쓰기를 밤 내내 되풀이하면서 억지로라도 얼마쯤 이야기를 만들어 보다가 생각은 마치 지루한 강의 시간 마냥 먼 곳을 향해 한없이 달려가고 또 달려가곤 했답니다.

생각을 글로 바꾸기가 옮기기가 어렵다지만, 그리하여 편지 쓰는 일이 힘겹다고 하지만 때로 편지 쓰기라는 것은 한편으로는 말하면서, 또 한편으로는 숨기기 위한 어려운 작업의 일환이 아닌가 하는 생각이 들기도 합니다.

하지만 정작 어려운 것은 어쩌면 마음을 표현하는 일보다도 마음을 어떻게든 곱게 숨기는 일이 아닌가 하는 생각이 들기도 합니다.

비록 여린 가슴으로 선생님께 손편지를 쓰는 일이지만 그저 좋고 신이 나서 하는 일이기에 손편지 쓰기를 생각하면 할수록 받으시는 선생님보다 절 위함이 많지 않을까요?

사람의 일이란 그럴 수도 있듯이 선생님께 전혀 죄송한 마음이 들지 않을 그때쯤, 아니 자신만만한 마음으로 편지를 드릴 수 있을 그때가 오면 저는 게으름쟁이가 되어 있을 테지요.

4년이란 시간이 너무 짧아서였을까요?

생각하면 선생님과 더불어 긴 시간을 두고 진지하게 이야

기해 본 적도 없는 것 같습니다.

글을 쓰고 싶다고 늘 생각하면서도 발 곁에 글을 쓰시는 선생님이 계시는 데도 찾아뵙지도 못했으며 선생님의 기르침에 귀 깊이 기울이고 왜 좀 더 배우려고 하지 못했는지 하는 것이 후회스럽기만 합니다.

마음으로 더 이상 좋아할 수 없었고 머리끝에서 발끝까지 선생님 생각으로 차고 넘치도록 좋아하고 사랑했던 선생님.

누구나 하는 악수, 악수라는 핑계를 대고 손 한번 꼭 잡아보고 싶었는데도 4년이 지나도록 손 한번 잡아보지 못했으니, 그런 바보가 저 말고 세상에 또 누가 있을까요?

선생님, 이제라도 이렇게 편지라도 드릴 수 있는 것은 어쩌면 지금까지 살아온 긴 시간이 마치 지난 4년처럼 흘러버린 탓인지도 모릅니다.

사은회 날 저녁에는 가슴이 얼마나 두근거리고 마구 뛰었는지 모른답니다.

선생님께 술 잘 마신다고 거짓말했지만, 이 편지를 쓰면서 생각하니, 그런 말을 왜 했는지 바보처럼만 생각됩니다.

손편지를 쓰는 이 시간, 지나간 말이나 기억들이 하나하나 생생히 살아나며 제 가슴에 와닿는데 왜 이렇게까지 부끄럽게만 여겨지는지요?

선생님, 스스로 어쩌지 못하는 마음에 대해 선생님께서는 모른다고 하지는 않으시겠지요.

마음을 어떻게 할 수 없을 때, 시간이 약이라는 속언을 떠올리기 전에 그 시간으로 가는 일이 독이 된다는 것도 사랑을 앓았던 이는 알 수 있는 것 아니겠어요.

선생님, 제 편지 받고 저의 철 없음에 웃으시지는 않으시겠지요. 그럴까요?

저 역시 먼 어느 날엔 오늘을 돌이켜 웃을 수도 있겠지만.

비록 그렇다고 하더라도 이 순간만은 진심으로 선생님께 다가갈 수밖에 없답니다. 단 한 줌의 시간조차 온전한 의지만으로 지배할 수 없는 녀석이니까요.

이만 쓰겠습니다. 선생님, 항상 건강하셔요.

2001. 12. 20 류○○ 드림

　김장동은 동국대학교 국문학과 졸업 및 동 대학원을 수료, 한양
대학교 대학원에서 문학박사를 취득. 경력으로는 국립대 교수, 대
학원장, 전국 국공립대학교 대학원장 협의회 회장 등을 역임했음.
　저서로『조선조역사소설연구』,『조선조소설작품논고』,『고전
소설의 이론』,『국문학개론』,『문학강좌 27강』등. 월간문학 소
설부분으로 문단에 등단해 소설집으로『조용한 눈물』,『우리 시
대의 神話』,『기파랑』,『천년 신비의 노래』,『향가를 소설로 오
페라로 뮤지컬로』등. 장편소설로는『첫사랑 동화』,『후포의 등
대』,『450년만의 외출』,『이 세상에서 가장 오랜 시간에 걸쳐 쓴
편지』,『대학괴담』,『교수와 카멜레온』등.
　시집으로『내 마음에 내리는 하얀 실비』,『오늘 같은 먼 그날』,
『하늘 밥상』,『간이역에서』,『하늘 꽃밭』, 합본『부끄러움의 떨림』,
합본『사랑을 심다』, 합본『작은 맛 큰 맛』, 합본『맞춘 행복』, 시
선집『한 잔 달빛을』,『산행시 메들리』, 테마시선『그리움과 사
랑이 시가 되어』, 시 창작 노트『삶의 고비마다 악센트 한둘쯤』,
불교시 모음『佛의 불자도 모르는 고얀 것』등.
　에세이집으로『마음을 움직이는 배려』,『이야기가 있는 국보
속으로』, 문집으로는『시적 교감과 사랑의 미학』,『생의 이삭,
생의 앙금』이 있으며『김장동문학선집』9권,『팔순기념문선』
12권이 있음.

손 편지를 쓰듯이 시를 짓다

| 초판 1쇄 인쇄일 | | 2024년 7월 22일 |
| 초판 1쇄 발행일 | | 2024년 7월 31일 |

지은이		김장동
펴낸이		한선희
편집/디자인		정구형 이보은
마케팅		정찬용 김형철
영업관리		한선희 정진이
책임편집		이보은
인쇄처		으뜸사
펴낸곳		국학자료원 새미(주)
		등록일 2005 03 15 제25100−2005−000008호
		경기도 고양시 권율대로 656 클래시아 더 퍼스트 1519, 1520호
		Tel 02)442−4623 Fax 02)6499−3082
		www.kookhak.co.kr
		kookhak2010@hanmail.net

| ISBN | | 979-11-6797-167-8 (03800) |
| 가격 | | 12,000원 |